一壺天

藤富保男

思潮社

詩集　一壺天

藤富保男

思潮社

はじめに

カメ　か　ハチ?

こういう題で書き出すと、亀なのか蜂なのか、それがどうなるんだ、と思ってしまう。けれど実は……。

西暦で言うと、〇〇二五年——〇二二〇年の大昔、中国では後漢の時代である。昔々のその昔、もう望遠鏡でも見えない、そのまた向こうの時代。霧か霞か……そのまだまだ向こう。

都は河南省の洛陽。統治王は光武帝からはじまっている。その当時、費長房という男がいたそうである。彼は薬を売っている仙人と共に時の雑事を離れて、別世界あれば……、と二人で話にふけり、ついに大きな壺の中に入ってもぐもぐと話に華を咲かせたそうである。しゃがみ込んで、脚や腰は大丈夫だっただろうか。歴史では「壺中の天」という逸話になっている。甕ではなかっただろうか。それとも睡蓮などを咲かす睡蓮鉢ではなかっただろうか。古い伝説では壺になっているけれども、甕か鉢なのか。

とにかく二人はその中で突拍子もないファンタジィの泡をたてながら、話にめり込んでいたのだろう。

ここに収めた詩には、薬売りは登場しないが、わたしである著者は一人で座布団に座って瞑想するうちに、異端を正統とする想い、換言すると故事放浪の新伝説を作ることとなってしまった。要するに**異路異路**の道をくねって歩き、故事記を作りあげた次第。

偶然のような発想で、神戸の鈴木漠氏に、『壺中天』という限定の歌仙集がある。（一九八三年（昭58）書肆季節社刊）

壺中天――すなわち前記の壺の中での夢のような話から題が付けられた本である。鈴木漠氏の捌きで秀抜な一巻となっている。

本書を『一壺天』としてまとめることとした。

一壺天

鼻持ち

異様な鼻といえばシラノ・ド・ベルジュラックがまず浮かぶ。

けなされて尻を捲りて五月晴

わが鼻息で喜劇成りたつ

と、ロスタンが詠んだか、どうか。

第一幕では、その鼻を、「これは岩だ！　山だ！」と言い放つが、ついに「岬だ！」と啖呵を切る。彼の巨大で奇怪な鼻は、「帽子を掛けるにゃ、そりゃ便利だ」と揶揄されるほどである。その醜さ故に恋人ができず、英雄視されたことは、象も驚いたほどである。ロスタンも名を成したものである。

この国では芥川龍之介の書いた禅智内供（ぜんちないぐ）の「鼻」が、とみに有名である。

八世紀の奈良時代から十四世紀の室町時代までのおよそ八百数十年間のあいだ、当時の宮中、すなわち大極殿（のちの清涼殿や紫宸殿）で、正月八日から十四日までの七日間行なわれていたのが御斉会（ごさいえ）である。この法会は、経文を講釈する讀師（とくじ）といわれる僧や、学徳が備わった僧により国家安寧やら五穀豊穣が祈願されていた。

その任に当る者は内供と呼ばれ、約十人でこの任に当るので十禪師とも称せられていた。

禅智内供もその一人。

右むいてそれから左ああ長し
　夕陽さへぎる禅師の鼻は

と歌われたとは、書かれてないが、この人について言えば、食べ物を口にする時、小姓が一人、禅師の鼻を持ち上げる補助をつとめていたと言うから、まさに鼻柱わん曲を通り越し垂れ下がった柱であった。

まさに瘤がちょうど鼻と重なって出きた悲劇の人と思える。十三世紀初めの頃の「宇治拾遺物語巻」にある「瘤とり」の話の先駆者といってもさしつかえない。

瘤の変形となった彼の長く垂れ下がった鼻のことであるが、――芥川さんはその後のことにふれていないので、このあたりで紹介しなければならない。

内供はある日、木の股になっている森の一隅にいた。悶々としていたことは間違いない。夕陽もおち、木々も冷たくなってきた。彼がふと前方に目をやると、一人の男――頭髪が長く帷子のようなものを纏った若い僧のような男が近付いてきた。

「オレは天狗の子供だ」

まだ鼻があまり発達というか発育というのか、あまり長くない。

「汝の鼻は見事じゃあ。わしに譲ってくれんか」

「この鼻でよければ、もって行ってくれ」と内供。

「それは有難いこと。しばし、眼をつぶっておられよ」

と青年の天狗。

彼は鷲のような指先を内供の鼻のねもとに引っかけるや否や、ねじり取るように内供の長い鼻を捥ぎとったのである。

もちろん天狗は、その鼻を自分の鼻にのせるように、いや伏せるように、いやこすりつけるようにしてプラスしたのである。

内侍の方はというと、鼻自体がねじり取られ、鼻孔から涙のように鼻水が垂れたが、もはやあの長い鼻とは別れることとなった。何とも気持がよいが、何か淋しい気もして仕方がない。今はなくなった鼻の跡にメンソレータムを塗りながら、この淋しさと嬉しさが一度にやってきたことは格別だ、と天を仰いだのである。

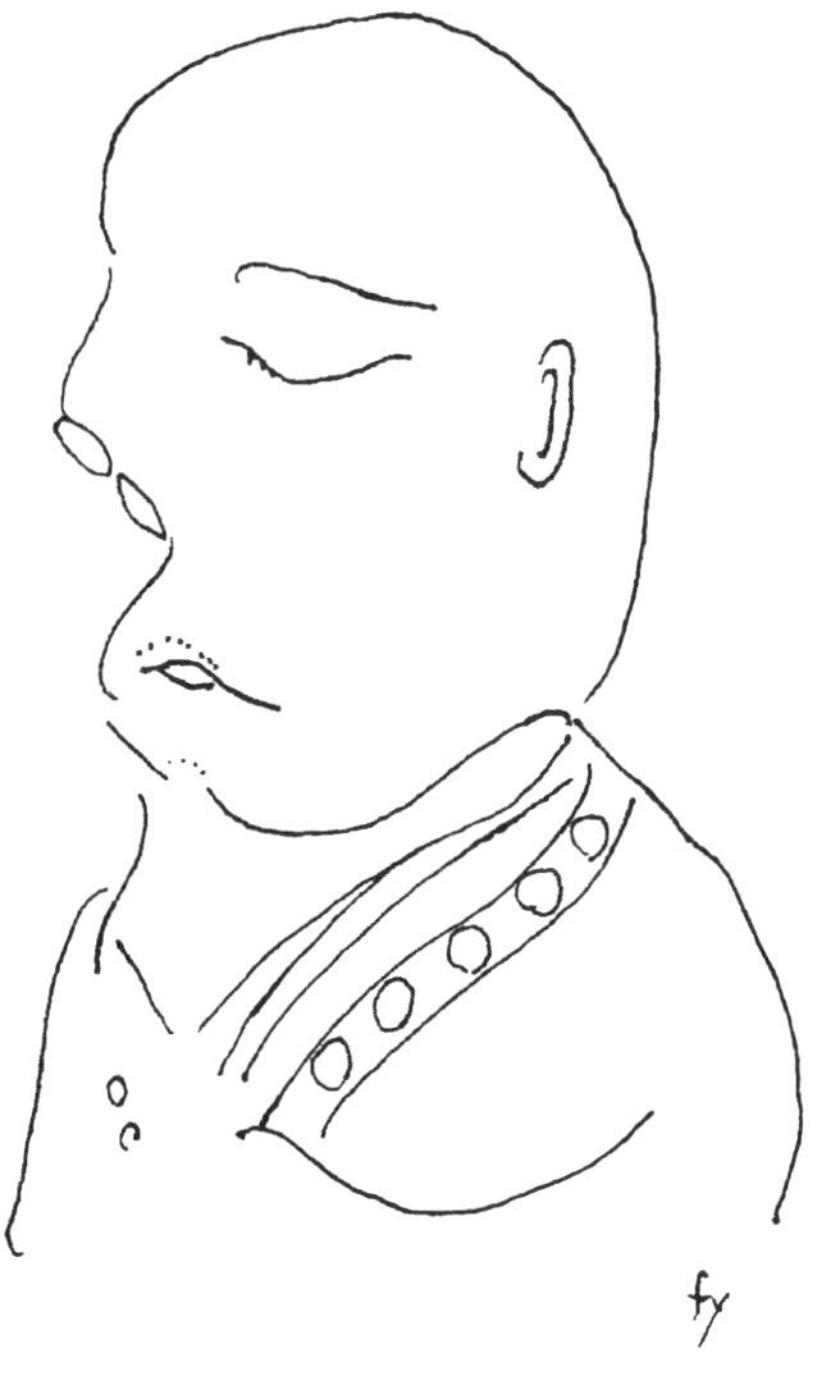

外出先から帰って

いつも持ち歩いている鍵が見つからない、という非常事態が発生。

わが家の非常口は……（それを記すのは非常識。教えられない。）非行少年のようにソコから非常に慎重に家に入ることができた。（ここまでには「非」という字が五つもある。）意識的に書いたのである。「非」は古い字形で飛ぶ鳥の羽が左右にそむき合っている様が源だそうだ。すなわち兆非が古い形であると。

戸に非が付くと「扉」。トビラにアラズではないか。ぼくは忍者のように家の中に入ることができた。この図のソコはどこ？

戸でも上戸、下戸と酒飲みの用語がある。
酔っ払って帰宅したのではないこと念のため。

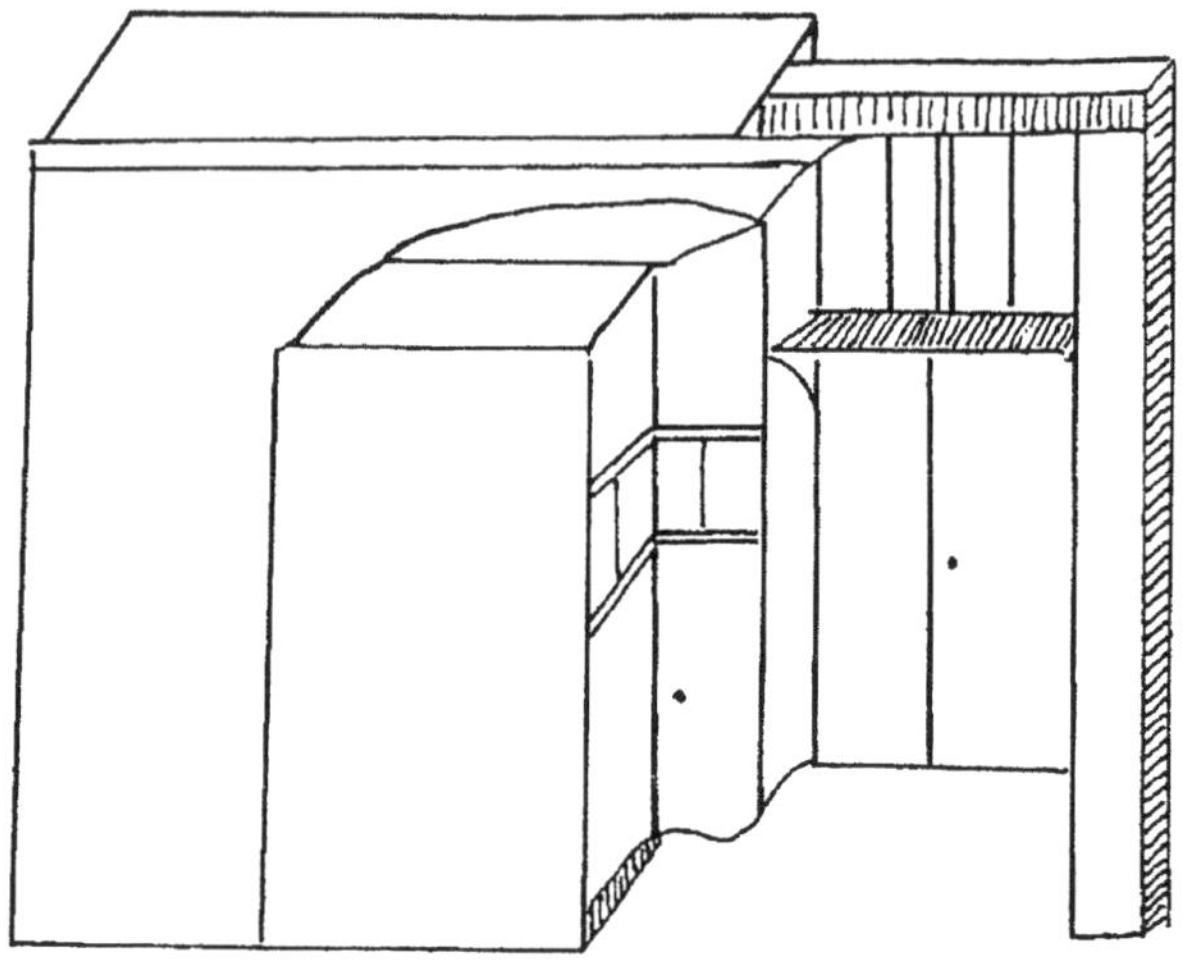

訪問

彼女を訪ねる
水色の建築の戸口に立ち
くすぐるようにハンドルをまわす
それは吸盤のように
濡れている

戸　ひらく
彼女は笑っている
こちらは歯で笑い返し
急いで彼女の唇にアイロンをあてる
ゴムの匂いがして

あたりは静か
「魚もってきたよ」

小姓の呼称

前口上
桃太郎は鬼退治に行った時に、つれて行った犬の名前を何と呼んでいたか。

桃太郎が山道の石に座って、キセルで一服していた時、草むらから姿を現わしたのは、やや大型の黒い犬であった。犬はおとなしく、桃太郎に擦り寄ってきた。すぐ吉備団子を与えると、犬は丁寧に頭を下げ礼をしたので桃太郎はびっくり。この犬はカラフト犬で労役に適している、と桃太郎は直感。ほんの偶然から、ふとこの犬に出会ったので、桃太郎はこの犬を「フト」と呼ぶことにしたのである。

そのフトが役立ったことが二つある。一つは、なき声である。犬は普通ワンワン、英語ではbow wowである。ちなみに小犬のキャンキャンはyelpやyipやyapを擬声音にしている。そんなことはさておきフトは鬼征伐にとりかかった時はブアングアーンと吠えまくったのである。鬼の連中が萎縮したのはもちろんであった。もう一つ忘れられないこととして鬼ヶ島から山ほどの金塊や銀製品そして珊瑚や如意宝珠、さらに鬼が盗んでいた高額な泰西名画の山をもち帰る際、フトは脚の太さにモノを言わせて、山道をいとも軽々とこれらの宝物をのせた大八車を引いたその牽引力の強さであった。

桃太郎は先見の明あり、と手を打ったのである。

カラフト犬といえば、後世に名を残した二頭がいる。すなわち一九五八年（昭33）、永田武隊長以下五十名の南極観測隊にとり残された十五頭のカラフト犬。そのうちタロとジロの二頭が翌年まで、じっと南極の地で隊員を待っていたという話は、あまりにも有名である。この二頭の曾曾曾曾曾祖父がフトであった。

話は関連するが、桃太郎の助大刀をした猿の名前は「マネ」。そして雉——あの脚には、けづめが付いているので「けじめ」と呼ばれていた。

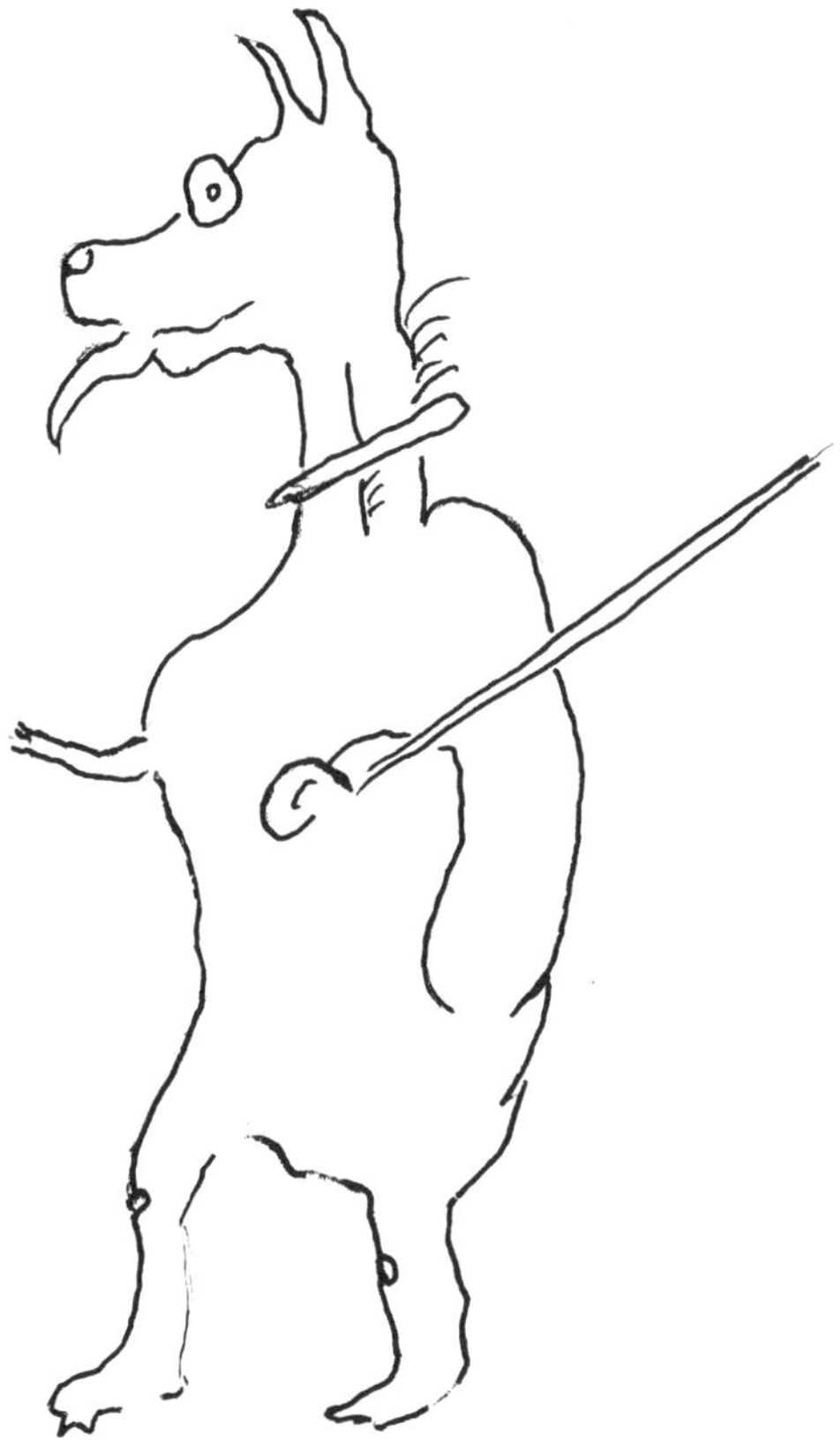

それからの亀

前口上

浦島太郎が龍宮城を離れる時に、亀の背にのって陸にあがったのはどこであったか。そしてその亀はその後どうしたか。

亀の背にまたがって浦島太郎が戻ったところは、関門海峡の下関市に属する巌流島であった。現在は船島《ふなしま》といって無人島である。

浦島太郎は龍宮城に七〇〇年いたと『御伽草紙』は伝えている。当然彼は白髪になっていた。けれども認知症にはならず、朝夕バーベルを用いて足腰を鍛えていた。ところで亀は、佐々木小次郎の額の血が砂にしみ込んでいるのを嫌って、もう少し先まで泳いだ。下関といえば河豚《ふく》で有名な唐戸《からと》市場のその少々先、壇之浦のごく小さい埠頭まで泳いで行ったのである。壇之浦は平宗盛が安徳天皇と神器を抱きかかえて海に没した所。

実はぼくの祖父母はこの壇之浦からほんの少し坂をのぼった園田町に住んでいた。その家の玄関の斜め前に、やや大きい菓子の工場がある。「亀之甲煎餅本舗」である。ぼくも幼少の頃よりこの煎餅をよく食べた。

その経営者が何とまあ、亀田さん。祖父は「きょうも亀さんと将棋をさすから……」と言って出かけたものだ。

とにかくその亀之甲煎餅は六角形で大人の掌の大きさ。茶褐色に焼け程よく中央が盛り上がっている。浦島太郎の亀が蘇生したわけである。わが家で父の法要をした折、わざわざ下関の亀之甲煎餅を取り寄せ、供養に来られた方々のお土産にしたものである。

鶴は千年、亀は万年という。龍宮城の乙姫様は実は鶴であったことは知る人ぞ知るであるが、亀の方は今もって煎餅に化身して人々に愛されている、というわけである。

〈関門海峡の図〉

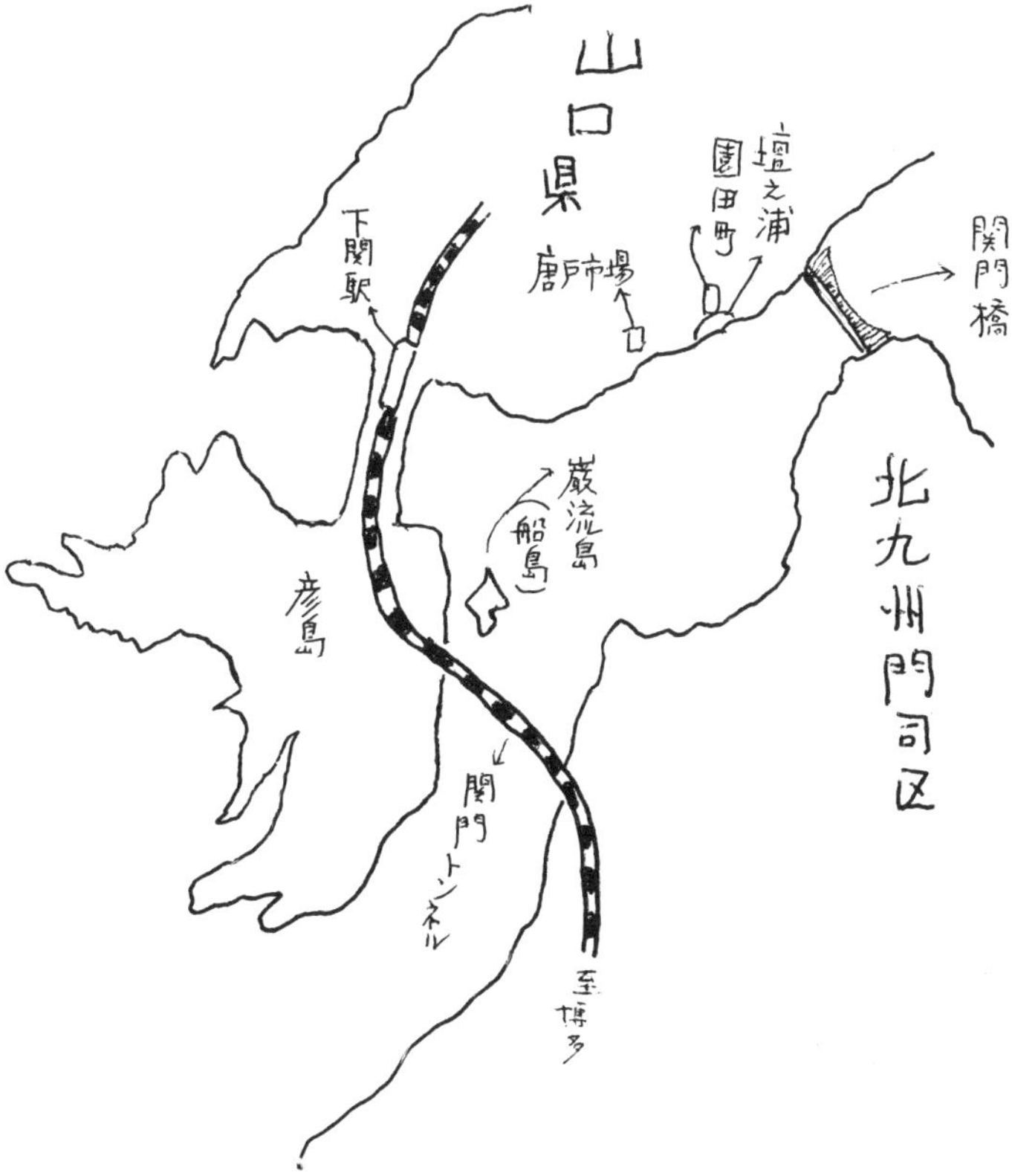

向こう岸

京都三条家の姫が打出の小槌を、一回二回そして三回と打ちふるって、一寸法師の身長を延ばし、遂には一寸法師を立派な成人の武士に変身させたという逸話は有名である。

実はその打出の小槌は、伊勢の御神木から作られた品で、わが家の飾り戸棚の中にじっと横たえられて保存されていたのである。

金銭、物品が欲しい時に、この槌を使うとは、あまりにも俗悪で、いげちない。この打出の小槌を振ることによって、環境を変えることが可能なら、とふと思い立った。

一度「死の国」とはどんな所なのか。何があるのか、と自らに尋ねてみた。

では打出の小槌を振って試してみようと決意。こっそり居間に趺坐をかいて、小槌を振ってみた。

ちょうど夕方だった。小槌を片手に「霊岸あるいは黄泉の国の様子を知らしめよ」と、力強く二度小槌を振ってみた。

すると、

目の前の戸や窓が消え、庭の樹木も立ち消えて、次第にほの暗くなり、目の前の戸や窓が消え——およそ三分、いや五分が過ぎただろうか。

一面の灰色——薄墨色の世界がひろがってきた。まさに、あれよ、あれよと思う間もなく、すっかり暗くなり、視界は暗黒の野に変ってきた。

そして少々意識がぐらついてきたが、背筋をのばして気を鎮めると、その暗闇の世界の中に太い幹線道路が、ずっと向こうまでつづいている。その沿道の両側には、ほんのり明かりがつづいて、ぼんやり光っている。よく見ると、その光に映し出されているのは、理髪店、理髪店、理髪店、理髪店、理髪店、理髪店、理髪店、理髪店……………

……どこまでも理髪店

そうであったか。分りました。もう充分分りました。

理髪師とは中世では外科医も兼ねていた、と歴史は告げている。そして理髪店の三色棒（サイン・ポール）のうち赤は動脈、青は静脈、そして白は包帯を象徴している、という。

この幹線道路には、どういうものか美容院が見当らない。
こちらが男性だからだろうか。
大きく空咳をして、もう一度打出の小槌を振って帰還したのである。

頭を撫でてみると、つるっと禿げていた。

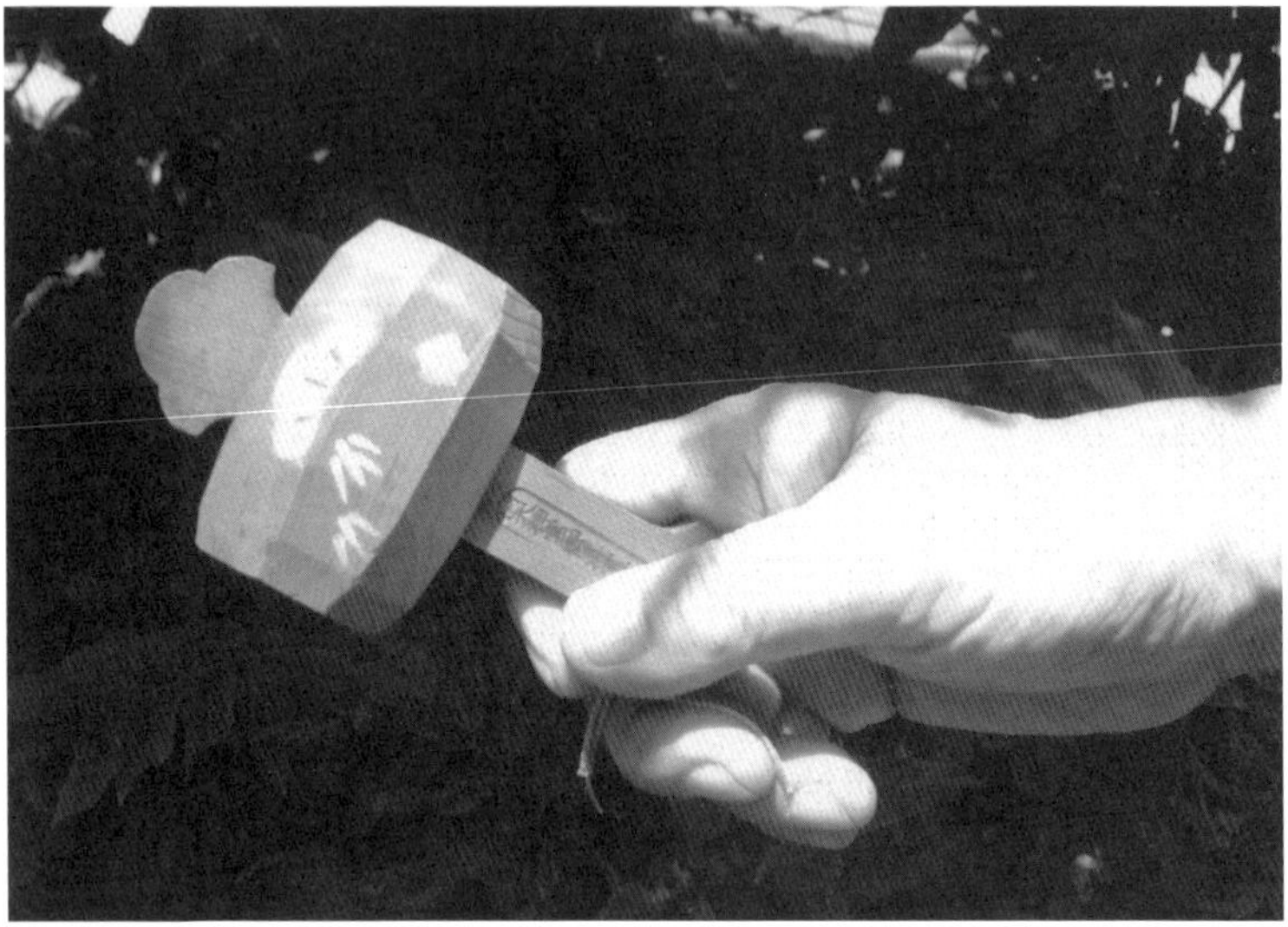

来訪者

ふと気付くと一羽の雀が部屋に入ってきている。以前にも同じ侵入があったし、こちらは驚かない。じっと机に向かって原稿を書いている。雀を片目で見ながら、知らぬ顔をして仕事をつづけていた。

きょうも雀は廊下を横切り、ぼくの部屋に入り、何とぼくのペンのすぐ前までやってきた。ペンを止め、じっと見つめる。目と目が合っても動じない。偶然ぼくのペンのすぐ脇にパンのかじりかけがあった。雀がつつく。「ふーん」と思ってただ眺める。雀の嘴は太くて短い円錐形。すぐ眼前にいるので熟視。嘴の一部分に何かしらの切り傷がある。およそ10分の無言の面接でこの日は終る。

この雀が次の日もやって来た。誤解のないように書いておくが、迷いインコではない。雀である。そこでハタ！と気付いたのである。舌切雀のハナシ。——あれは正式には舌切られ雀である。あの嘴の切り傷というのが、例のばあさんにやられた傷あとだと直感した。そうだ！　懐かしい爺さんを訪ねてきたのだろう。

ところで何処に帰るのだろう、とある日雀の帰り先をじっと気にしていた。

わが家の庭に、さほど大きいとは言えないが五葉の松がある。その下に石の台座。その台座に高さ50センチ大の布袋の像がある。にこやかに笑い顔を浮かべ、ふくよかな腹をした布袋。雀はサッとその布袋の頭にとまって、じっとこちらを見ている。布袋のやさしい抱擁力と微笑で、あの残忍なばあさんの仕打ちを忘れ、この部屋に毎日通いつめているのである。

入国審査

ぼぐば　ぶじどみ日本人でず

誰でずが
ばづぎりじで
ぐだざい

バズボード　ごれでず
日本がら
ぎだんでずが

がらだが
ごみだらげでず

FUJITOMI Yasusu 2-12-15 Midorigaoka, Meguro-ku, Tokyo 152-0034 JAPON

久しぶり

が立ち止まり　昔のことを喋り出した
こちら　じっと相手を見ていると
久しぶり　は　よどみなく話をする
こちら　じっと聞くだけ
久しぶり　が　それからの輪拡げる
こちら　どうでもいい

一人で久しぶり　が笑い出す
こちら　笑う真似をする
ついに久しぶり　は始めの話に戻す　まだ終らない
久しぶり　が身振りを加える
こちら　ただ見とれる

話はまだつづく　同じことを
まだ喋るのか　土管

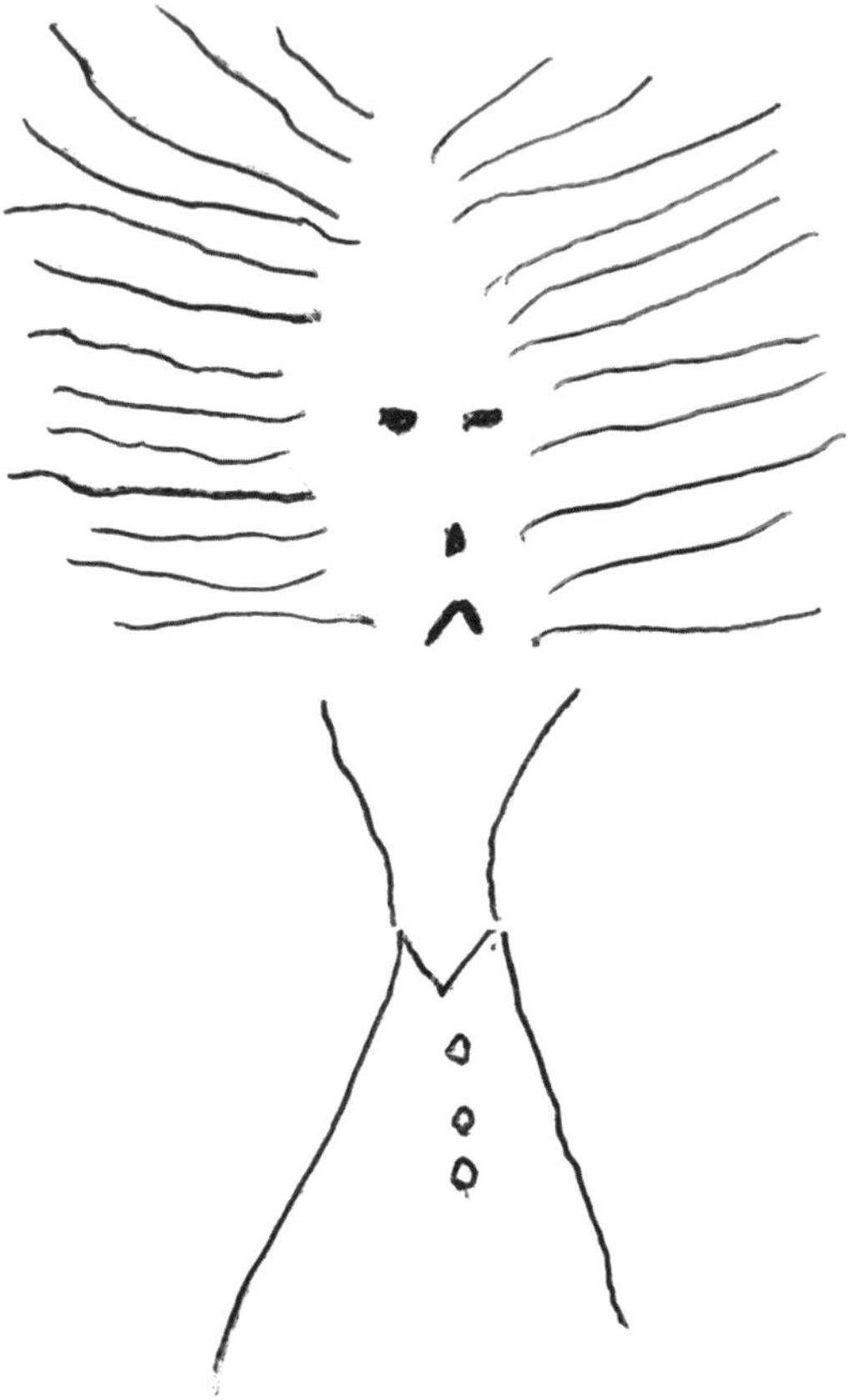

おわりに当って

本詩集は主として散文型の形をとったが、行ワケの篇もある。添画や写真を入れたが、詩画集という呼称は甚だ好まざるところ。詩の形を描いたり、書いたりしたので詩形集としたいのだが、発音をすると具合が悪い。従って、もとにもどして単純に詩集とした。

詩の系列の上では、詩集『第二の男』（二〇〇〇年十月刊）と、詩集『誰』（二〇〇四年五月刊）（共に思潮社刊）に並ぶ。

このたびも小田久郎氏並びに高木真史氏のお世話になったことを記し、謝意を表する次第である。

二〇一四年九月六日　　著者

目次

添画・写真共　著者

一壺天《いっこてん》

著　者　藤富保男《ふじとみやすお》

発行者　小田久郎

発行所　株式会社思潮社

〒一六二―〇八四二　東京都新宿区市谷砂土原町三―十五

電話〇三(三二六七)八一五三(営業)・八一四一(編集)

FAX〇三(三二六七)八一四二

印刷・製本　三報社印刷株式会社

発行日　二〇一四年十月二十五日